L'ADORABLE

BEL-BOUL

OPÉRETTE EN UN ACTE

PARIS

IMPRIMERIE DE J. CLAYE

RUE SAINT-BENOIT

—

1875

L'ADORABLE

BEL-BOUL

OPÉRETTE EN UN ACTE

Représentée pour la première fois chez Mme D... (Mars 1874)
et ensuite
au Cercle de l'Union artistique (Avril 1874.)

L'ADORABLE

BEL-BOUL

OPÉRETTE EN UN ACTE

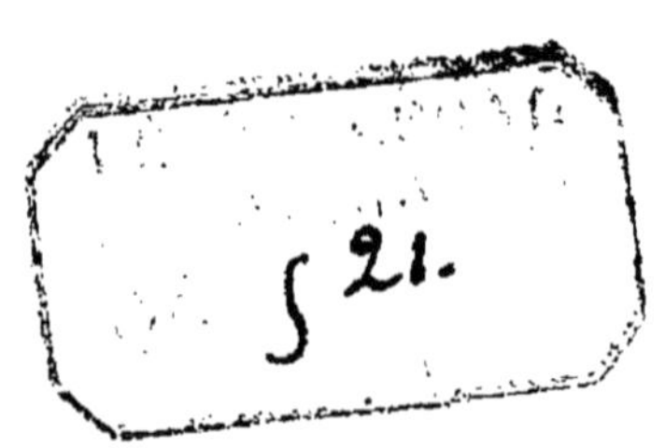

PARIS

IMPRIMERIE DE J. CLAYE

RUE SAINT-BENOIT

1875

PERSONNAGES :

ZAÏ-ZA, pupille d'Ali-Bazar.

FATIME, suivante de Zaï-Za.

ALI-BAZAR, marchand.

SIDI-TOUPI, derviche tourneur.

HASSAN, amoureux de Zaï-Za.

La scène est à Samarcande, chez Ali-Bazar.

L'ADORABLE

BEL-BOUL

Au lever du rideau la scène est vide. Zaï-Za, voilée, entre vivement et se jette sur une chaise, appelant.

SCÈNE PREMIÈRE.

ZAÏ-ZA, FATIME.

ZAÏ-ZA.

Fatime! (Elle ôte son voile.)

FATIME, entrant.

Eh bien! ma chère maîtresse, qu'avez-vous? Vous semblez très-agitée.

ZAÏ-ZA.

Ah! Fatime, si tu savais ce qui vient de m'arriver! je viens d'échapper à un grand danger!

FATIME.

Contez-moi cela bien vite, je brûle de savoir...

ZAÏ-ZA, se levant.

Tu sais que je suis sortie tantôt avec l'intention d'aller faire mes dévotions à la grande mosquée de Samarcande?

FATIME.

Certes! il devait y avoir aujourd'hui une grande cérémonie : le derviche tourneur Sidi-Toupi, qu'Allah daigne recevoir dans son sein (Elle salue.), devait donner une séance extraordinaire; il devait tourner une heure trois quarts durant, dix minutes de plus que le non moins saint derviche Ali-Toton, qu'Allah daigne également recevoir dans son sein (Elle salue.). Est-ce cela?

ZAÏ-ZA.

Parfaitement. Tu comprends bien que je n'aurais eu garde de manquer à une aussi intéressante séance. Tout Samarcande était là. Tu sais ce que sont ces cérémonies? Le derviche tourne, tourne, et les assistants, entraînés par l'exemple, font bientôt comme lui. Naturellement, je fais comme les autres, et je tourne, tourne si bien que mon voile, mal attaché, se défait et tombe à terre. — Tu juges du scandale? se montrer sans voile, et surtout dans la mosquée. — Tout le monde s'arrête et on crie au sacrilége...

FATIME.

Ce n'était pourtant pas un vilain spectacle!

ZAÏ-ZA.

Le derviche lui-même cesse de tourner, et, me fixant avec des yeux flamboyants crie : Anathème à l'impie! il excite la foule, déjà transportée contre moi; je veux m'enfuir éperdue, mais mes genoux fléchissent... Déjà mille mains menaçantes veulent me saisir... et tu sais que le fleuve est près de la mosquée... Tout à coup, un jeune homme qui tournait à côté de moi, et qui, depuis le commencement de la cérémonie n'avait cessé de me regarder, se précipite, bouscule ceux qui étaient le plus rapprochés de moi, et, profitant de la surprise que cause son action inattendue, m'entraîne à moitié morte... Nous nous égarons dans les petites rues de la ville. Mon généreux sauveur m'accompagne et ne me quitte que lorsque je suis à la porte de la maison de mon tuteur, où me voilà.

FATIME.

Ah! quelle aventure! mais que va dire votre tuteur Ali-Bazar, lorsqu'il va savoir?...

ZAÏ-ZA.

J'espère bien qu'il n'en saura rien; mais chut!... le voici!

SCÈNE II.

FATIME, ZAÏ-ZA, ALI-BAZAR.

ALI-BAZAR, *entrant.*

Eh! bonjour, ma chère Zaï-Za; par Bramah! que tu es animée ce matin! tes joues semblent des roses de Bagdad, qui sont, tu le sais, les plus belles des roses, et tes yeux des rayons de la lune d'avril qui, tu le sais aussi, est la plus brillante des lunes.

FATIME.

N'est-ce pas qu'elle est charmante?

ALI-BAZAR.

Ah! que ma fille Bel-Boul ne lui ressemble-t-elle!

FATIME.

Il est vrai que votre fille...

ALI-BAZAR.

Ne te gêne pas, va, dis qu'elle est laide! Et songer que je suis son père; c'est incompréhensible!

FATIME.

Incompréhensible!

ALI-BAZAR, *tournant sur lui-même avec fatuité.*

N'est-ce pas?

AIR.

Est-il quelqu'un dans Samarcande,
Je le demande,

Qui soit mieux fait?
Si la nature
M'eût créé laid,
Mon aventure
S'expliquerait.
Je cherche en vain par quel mystère,
Le joli père
Que voilà,
Put engendrer cette enfant-là.

Elle a la jambe assez bien faite,
Une du moins, car l'autre, hélas!
Courte comme une sœur cadette,
La fait boiter à chaque pas.
Elle est mince comme une gaule;
Après tout, cela passerait,
Si la rondeur de son épaule
D'un côté ne la déparait!
Son nez n'a rien que je condamne
Dans sa première intention,
Car il est à la Roxelane,
Mais il l'est avec passion!
Pour ses yeux, ils sont beaux sans doute,
Mais ils sont beaux séparément,
L'un s'en va désespérément
De Bassorah cherchant la route,
Tandis qu'avec acharnement,
L'autre est fixé sur Ispahan!
Est-il quelqu'un dans Samarcande, etc.

ZAÏ-ZA.

Pauvre tuteur!

FATIME.

Le fait est qu'on est à plaindre d'avoir une telle fille! (On entend un grand bruit de vaisselle cassée.)

ALI-BAZAR.

Et, je ne parle pas de son caractère! tenez, voilà qu'elle cause avec sa suivante! (On entend encore un grand bruit.) Parfait! parfait! aimable enfant!

FATIME.

Mais que ne la mariez-vous pour vous en débarrasser? la voilà d'âge...

ALI-BAZAR.

A faire le bonheur d'un époux. Cela est bien facile à dire. Si encore on pouvait la marier avec son voile, en ne montrant qu'un œil...

FATIME.

Celui d'Ispahan... c'est le plus beau.

ALI-BAZAR.

Ah!

ZAÏ-ZA.

Mais je croyais que votre vieil ami Omar ne demandait pas mieux que de prendre pour femme cette pauvre Bel-Boul.

ALI-BAZAR.

Mon vieil Omar l'épouserait bien ; mais, contrairement à tous les usages de notre intelligent pays, il veut que je donne une dot de 1,000 sequins à ma fille au lieu d'en recevoir une de lui!

FATIME.

Et vous ne voulez pas lâcher les sequins?

ALI-BAZAR.

Parbleu.

ZAÏ-ZA.

Ah! mon cher tuteur, faites cela pour votre fille.

ALI-BAZAR.

Jamais; du reste je comprends que tu tiennes à voir Bel-Boul se marier, puisque ton mariage dépend du sien.

ZAÏ-ZA.

Comment cela?

ALI-BAZAR.

Bel-Boul est ton aînée de quelques mois, et elle m'a

déclaré formellement qu'elle entendait, étant la plus âgée, se marier la première.

FATIME.

Et vous consentiriez à lui obéir?

ALI-BAZAR.

Moi, je veux la paix avant tout: et si par hasard ma pupille Zaï-Za se mariait avant ma fille Bel-Boul, il n'y aurait plus de repos à la maison. Donc Zaï-Za ne se mariera que quand Bel-Boul sera mariée.

FATIME.

C'est horrible cela, c'est épouvantable!

ALI-BAZAR.

Désolez-vous, vous avez le temps; moi je m'en vais. (Il sort.)

SCÈNE III.

FATÏME, ZAÏ-ZA.

FATIME.

Eh bien, vous l'avez entendu, et vous êtes là tranquille, vous ne vous révoltez pas? En vérité, si j'étais à votre place... Songez donc que vous ne vous marierez que quand l'horrible Bel-Boul le sera.

ZAÏ-ZA.

Eh bien! où est le mal?

AIR.

Pourquoi songer au mariage,
Pourquoi désirer l'esclavage,
Quand on est jeune comme nous?
Assez tôt viennent les époux.
Bel-Boul voudrait trouver un maître,
Peut-être est-il encore à naître,

Ce bourreau de sa liberté.
Mais qu'elle le cherche à son aise,
Si la solitude lui pèse,
Moi je l'accepte avec gaîté.
Un jour, je dois prendre une chaîne,
Mais, jusque-là, de toute peine,
Je prétends bien me préserver.
D'ailleurs, est-il un homme au monde
Dont l'âme à la mienne réponde
Et dont la voix m'ait fait rêver?
Pourquoi songer, etc.

FATIME.

Est-ce que vous dites bien tout? Vous n'avez jamais distingué personne?

ZAÏ-ZA.

Personne.

FATIME.

Eh quoi! pas même ce jeune homme si brave, qui vous a sauvée de la fureur du derviche et de ses adeptes?

ZAÏ-ZA.

Mais, je ne le connais pas ce jeune homme, il est très-probable que je ne le reverrai jamais. (On entend à l'extérieur un prélude de guitare.)

FATIME.

Qu'est-ce que c'est que cela?

ZAÏ-ZA.

On dirait le son d'une guzla!

FATIME.

Mais elle ne joue pas toute seule. (Elle regarde par la fenêtre. Ah! il y a un jeune homme accroché après... il regarde cette fenêtre... il a l'air très-bien ce jeune homme!
(Pendant cette réplique, Zaï-Za s'est aussi rapprochée de la fenêtre et y a regardé sans se laisser voir du dehors.)

ZAÏ-ZA, bas.

Fatime!

FATIME, même jeu.

Eh bien?

ZAÏ-ZA, même jeu.

C'est lui!

FATIME, même jeu.

Qui, lui?

ZAÏ-ZA.

Mon sauveur!

FATIME.

Je le répète, il a l'air très-bien ce jeune homme, mais écoutons... (Sérénade à la cantonnade, chantée par Hassan.)

L'air est embaumé, la nuit est sereine,
Et mon âme est pleine
De pensers joyeux, ô bien-aimée!
Viens, ô bien-aimée!
Voici l'instant de l'amour.

Dans les bois profonds où les fleurs s'endorment,
Où chantent les sources,
Vite, enfuyons-nous,
Vois, la lune est claire
Et nous sourit dans le ciel.

Les yeux indiscrets ne sont plus à craindre,
Viens, ô bien-aimée,
La nuit protége ton front rougissant,
Viens, ô bien-aimée,
C'est l'heure d'amour!

A la fin un bouquet est jeté et tombe par la fenêtre.

FATIME, allant le ramasser.

Oh le beau bouquet! c'est du dernier galant. (Regardant le bouquet.) Ah! mais il ne perd pas son temps le jeune homme!

ZAÏ-ZA.

Qu'y a-t-il?

FATIME, lui tendant le bouquet.

Lisez!

ZAÏ-ZA.

Un billet?

FATIME.

Non! ce bouquet; à quoi servirait d'être Persane, si l'on ignorait le langage des fleurs?

ZAÏ-ZA.

En effet, lisons!

FATIME.

Une bourrache! Il est malade!

ZAÏ-ZA.

Une primevère... souffrance d'amour... Une fleur de grenadier.

FATIME.

C'est un militaire! Ah! tant mieux!

ZAÏ-ZA.

Une tulipe! Il m'adore!

FATIME.

Voilà un œillet qui ne laisse aucun doute à cet égard.

ZAÏ-ZA.

Cette modeste fleur de mauve... il demande une réponse... Ah!...

HASSAN, au dehors.

Deuxième couplet de la Sérénade.

Dans le sombre azur, les blondes étoiles,
Écartent leurs voiles,
Pour te voir passer, ô bien-aimée,
Viens, ô bien-aimée!
Voici l'instant de l'amour.

J'ai vu s'entr'ouvrir ton rideau de gaze,
Tu m'entends, cruelle,
Et tu ne viens pas!
Vois la route est sombre
Sous les rameaux enlacés,

Cueille en leur splendeur tes jeunes années;
Viens, car l'heure est brève,
Un jour effeuille les fleurs du printemps,
Viens, ô bien-aimée,
C'est l'heure d'amour!

ZAÏ-ZA, qui s'est approchée de la fenêtre avec une fleur à la main la laisse tomber.

Ah! Fatime, voilà que par mégarde j'ai laissé tomber une fleur!

FATIME.

Très-bien! Et quelle fleur avez-vous laissé tomber... par mégarde?

ZAÏ-ZA, embarrassée.

Mais... je ne sais... un héliotrope, je crois!

FATIME.

De mieux en mieux. — Cela veut dire que vous acceptez ses vœux. Si ce jeune homme a un peu d'instruction et s'il connaît son métier d'amoureux, il sera ici dans un instant.

SCÈNE IV.

HASSAN, ZAÏ-ZA, FATIME.

Hassan paraît à la fenêtre, qu'il vient d'escalader; il a sa guzla en sautoir; les deux femmes, effrayées, poussent un cri. Zaï-Za se précipite sur son voile et veut le remettre.

HASSAN, s'avançant les mains jointes.

Oh! divine étoile de l'Orient... ne remettez pas votre voile. Je suis un pauvre voyageur transi qui a besoin d'un rayon de soleil pour se ranimer et voilà qu'un nuage jaloux se place entre le soleil et lui. Oh! pas de voile! pas de nuage!

ZAÏ-ZA.

Mais, seigneur qu'allez-vous penser de moi, si, contrairement à tous les usages de notre beau pays, vous me voyez sans voile?

HASSAN.

Je penserai que vous êtes aussi secourable que belle! Du reste, à la mosquée, tantôt, j'ai pu m'enivrer de vos traits adorables.

ZAÏ-ZA.

Mais, me direz-vous qui vous a rendu assez téméraire pour entrer ici, surtout (montrant la fenêtre) par cette voie peu usitée?

HASSAN (montrant la fleur que Zaï-Za a laissée tomber.)

Cette fleur ne m'autorisait-elle pas?...

ZAÏ-ZA.

Croyez-bien que c'est par mégarde! Demandez plutôt à Fatime.

FATIME.

Oh! pour cela, oui, seigneur! C'est bien par mégarde.

HASSAN.

Cela veut-il dire qu'il faut que je m'en aille? (Fatime lui fait énergiquement signe que non.) Ne craignez rien. Je suis un jeune homme dont on cite la vertu à Samarcande. Depuis que je vous ai vue, je ne vis que pour vous et je meurs à l'instant à vos pieds si, en me donnant un peu d'espoir, vous ne guérissez pas la blessure que vous m'avez faite.

FATIME, à part.

Il va bien le jeune homme!

ZAÏ-ZA.

Mais, seigneur, vous me mettez dans le plus cruel embarras. Vous m'avez, par votre courage, sauvé la vie, je ne puis donc pas, sans être un monstre d'ingratitude, vous donner la mort.

HASSAN.

Je puis donc espérer! Ah! dites-moi que je puis espérer!

FATIME.

Nous y voilà. Eh bien! non, vous ne pouvez pas espérer.

ZAÏ-ZA.

Que veux-tu dire?

FATIME.

Avez-vous donc oublié ce que vient de vous dire votre tuteur?

ZAÏ-ZA.

Hélas!

HASSAN.

Qu'a-t-il donc dit, ce farouche tuteur?

FATIME.

Il a décidé que Zaï-Za ne se marierait que quand sa fille, l'adorable Bel-Boul, serait pourvue.

HASSAN.

N'est-ce que cela? Eh bien! marions Bel-Boul! j'ai justement un ami qui cherche femme.

FATIME.

Est-ce un singe, votre ami?

HASSAN.

Pourquoi?

FATIME.

Pour faire la paire, car Bel-Boul est une vraie guenon.

ZAÏ-ZA.

Vous voyez, seigneur, que notre mariage est impossible!

FATIME.

Le fait est qu'à moins que le divin Kami, le dieu de l'Amour, n'ait pitié de nous!...

HASSAN.

Prions-le d'envoyer un mari à Bel-Boul.

INVOCATION A TROIS VOIX.

Puissant Kami! dieu secourable,
Puissant dieu de l'Amour,
Protége-nous en ce jour,
Ah! sauve-nous d'un sort misérable.

(A la fin de l'invocation on entend frapper à la porte.)

FATIME.

Serions-nous exaucés?... On frappe!... Serait-ce le mari demandé? (Pendant cette réplique, Zaï-Za est allée regarder à la fenêtre.)

ZAÏ-ZA.

Ciel! c'est le derviche Sidi-Toupi... Viendrait-il poursuivre la sacrilége jusqu'ici?

HASSAN, s'avançant.

Mais je suis là, moi.

FATIME.

Nous comptons sur vous, capitaine.

HASSAN, étonné.

Capitaine?

FATIME.

Vous n'êtes pas militaire? et la fleur de grenadier?

HASSAN, simplement.

Moi! je suis confiseur, mais n'importe! Je me retire là. à côté si vous aviez besoin de protection, un mot et j'accours. (Il sort.) (Reprise de l'invocation.)

ZAÏ-ZA.

Ah je n'ai pas peur! (Fatime ouvre. Paraît Sidi-Toupi. Samalecs exagérés. — Les deux femmes se tiennent prudemment à distance.)

SCÈNE V.

SIDI-TOUPI, FATIME, ZAÏ-ZA.

SIDI-TOUPI, entrant.

Derviche tourneur,
C'est avec honneur
Que chacun m'accueille;
Comme fait la feuille
Au souffle du vent,
Je vais tournoyant
Sans trêve !

Je tourne au levant,
Je tourne au couchant,
Ma vie en tournant
S'achève!

Je vois tout en rond,
Mon regard se fond
Dans le vaste espace!

De la terre au ciel
Un cercle éternel
M'enlace!

Un point lumineux
Brille à tous les yeux :
Mon ventre!

Du monde, en un mot,
Je suis le pivot,
Le centre.

Mon cœur, à son tour,
Se meut, et l'amour
Le mène.

Dans ce tournoiement,
Un être charmant
L'entraîne.

Et, toujours tournant,
Je vais poursuivant
Sa trace.

Enfin, me voici,
Et j'implore ici
Ma grâce!
Derviche tourneur, etc.

Il va s'asseoir essoufflé.

Ouf! ne faites pas attention, astre de beauté! c'est que je viens de tourner une heure trois quarts sans m'arrêter et vous concevez! cela étourdit un peu, de sorte que je ne suis pas très-solide sur mes jambes; assis, je suis tout à fait à mon aise, mais debout ce n'est plus ça... tout tourne!... tout tourne!... Oh! demain il n'y paraîtra plus!

ZAÏ-ZA.

Je suis fort honorée de votre visite, mais je me demande, saint derviche, quel en peut être le but, surtout après la façon dont vous m'avez traitée aujourd'hui?

SIDI-TOUPI.

C'est justement parce que je vous ai vue à la mosquée aujourd'hui; c'est parce que j'ai aperçu sans voile votre ravissant visage, que je suis ici. Votre étincelante beauté m'a troublé à ce point que je n'ai pas eu un instant de repos, jusqu'à ce que j'aie su où vous demeuriez. Heureusement que j'ai pu retrouver votre trace, et j'accours pour vous dire que... (Il se lève, veut faire un pas, manque de tomber et est obligé de se retenir à son siége.) Ne faites pas attention, c'est mon vertige; je reprends... et j'accours pour vous dire que vous avez tourné la tête au pauvre derviche tourneur qui vient se jeter à vos pieds et vous dire qu'il mourra si vous ne laissez tomber sur lui un regard favorable! (Il se lève et manque de tomber.)

FATIME, à part.

Quelle idée (Bas à Zaï-Za.)! laissez-moi seule avec lui, j'ai mon plan. (Elle la fait sortir.)

SCÈNE VI.

SIDI-TOUPI, FATIME.

SIDI-TOUPI, *sans voir que Zaï-Za est sortie.*

Mes intentions sont pures, ô beauté sans pareille! dites un mot, un seul mot, et je vous offre ma main. Être la femme de Sidi-Toupi, c'est une position cela... (*S'apercevant du départ de Zaï-Za.*) Eh bien! où est-elle?... Elle est partie!

FATIME.

Ah çà! vous croyez bonnement que ma maîtresse est fille à écouter les propos galants des inconnus?

SIDI-TOUPI.

Mais, puisque je veux l'épouser!

FATIME.

L'épouser? vous ne savez seulement pas son nom.

SIDI-TOUPI.

Son nom? mais c'est Rosée du matin! c'est Étoile du soir! c'est Fleur du lotus! Pétale du cocotier!

FATIME.

Ma maîtresse s'appelle tout bonnement Bel-Boul.

SIDI-TOUPI.

Bel-Boul! quel nom ravissant!

FATIME.

Elle est la fille d'Ali-Bazar, propriétaire de cette maison.

SIDI-TOUPI.

Je veux voir Ali-Bazar tout de suite, tout de suite, je veux lui demander la main de sa fille Bel-Boul; nul doute qu'il ne l'accorde à un homme tel que moi.

FATIME.

Tout de suite? eh bien, voilà ce qui vous trompe. Vous

êtes, certes, un beau parti pour une jeune fille; il vous la donnerait tout de suite, de préférence à tout autre, mais il ne veut pas la marier.

SIDI-TOUPI.

Et pourquoi?

FATIME.

Que sais-je? par originalité, parce que, étant veuf, il ne veut pas être privé de la compagnie de sa fille.

SIDI-TOUPI.

Mais, c'est une infamie! refuser de marier cet astre de beauté! mais je m'en plaindrai au cadi, et tu sais que la loi est formelle, la loi du mariage obligatoire, je la connais, moi; j'ameuterai tout le quartier contre lui.

FATIME.

Oh! Ali-Bazar est plus fort que vous ne le croyez. Ce n'est jamais lui qui refuse de marier sa fille, ce sont les prétendants qui refusent de l'épouser!

SIDI-TOUPI.

Que veux-tu dire?

FATIME.

Voilà : vous savez que l'adorable Bel-Boul, ainsi que toutes les filles de Samarcande et de Perse, ne sort jamais que voilée. Aucun homme n'aurait vu ses traits charmants sans le fatal accident de ce matin. Eh bien! Ali-Bazar spécule sur cet incognito. L'on sait qu'il a une fille, voilà tout; l'on ignore si cette fille est belle ou laide, difforme ou bien faite. Alors, quand quelqu'un vient lui demander la main de Bel-Boul, savez-vous ce que fait le malin vieillard? Il prend un air chagrin et mystérieux, et il dit au demandeur que Bel-Boul est laide à faire peur, qu'elle est bossue, bancale et louche... Le demandeur qui, naturellement, n'a jamais vu mon adorable maîtresse, le croit sur parole et se retire. Mais si, par hasard, un prétendant, plus heureux ou plus avisé que les autres, un prétendant qui aurait vu la ravissante Bel-Boul, et qui serait prévenu de la malice du bonhomme; si, dis-je, ce prétendant s'obstinait dans sa demande et lui disait que, malgré sa laideur et ses difformités, il persiste à vouloir épouser Bel-Boul, Ali-Bazar, pris à son siége, n'aurait plus de motifs pour refuser son consentement.

SIDI-TOUPI.

Parfait! parfait! j'ai compris, je suis ce prétendant! je suis ce malin! J'ai vu Bel-Boul, et peu m'importe ce qu'on m'en dira, je veux épouser, et j'épouserai!... et je n'oublierai pas que c'est à toi que je dois mon bonheur! (Il lui donne de l'argent.) Tiens, prends ces sequins en attendant mieux.

FATIME.

Je ne sais si je dois...

SIDI-TOUPI.

Prends donc, te dis-je. Et maintenant où est Ali-Bazar? Je veux voir Ali-Bazar et lui faire ma demande... tout de suite... tout de suite...

FATIME.

Le voici justement... je vous laisse. (A part.) Voyons ce que cela va devenir. (Fatime sort.)

SCÈNE VII.

ALI-BAZAR, SIDI-TOUPI.

ALI-BAZAR, entrant.

Salut, saint derviche; votre présence illumine ma pauvre demeure.

SIDI-TOUPI.

Salut, vertueux Ali-Bazar.

ALI-BAZAR.

Souffrez que je frotte ma barbe indigne sur vos augustes sandales!

SIDI-TOUPI, avec bonhomie.

Plus tard, je suis pressé; il s'agit d'une affaire autrement grave. Venons au fait, vous savez que je suis veuf?

ALI-BAZAR.

C'est comme moi.

SIDI-TOUPI.

Eh bien, Ali-Bazar, la solitude me pèse; après avoir été vingt-six ans sous le joug de la vertueuse Kari-Saki, mon épouse, depuis que j'en suis débarrassé, il me manque quelque chose.

ALI-BAZAR.

Ce que c'est que les goûts! Moi, depuis que je suis veuf, il ne me manque plus rien.

SIDI-TOUPI.

Vous me direz qu'étant derviche tourneur, j'ai une occupation. Eh bien! je tourne, c'est vrai; quand j'ai fini de tourner à droite, je tourne à gauche, mais j'ai beau tourner, tourner et retourner, je m'aperçois que ce n'est pas le dernier mot du bonheur; j'ai du vague dans l'âme!

ALI-BAZAR.

Dame! à force de tourner, cela donne du vague... Ah!... tenez, moi, rien que de voir tourner quelqu'un, cela me fait quelque chose... Ah! je sens au cœur... ah! tenez, voulez-vous changer de conversation... parlons de quelque chose de gai... (Gaiement.) Nous disons donc que vous êtes veuf, mon gaillard?

SIDI-TOUPI.

Oui, j'éprouve le besoin de convoler... et c'est ce besoin qui m'amène auprès de vous.

ALI-BAZAR.

Quel rapport?...

SIDI-TOUPI.

Voyons! ne faites donc pas l'enfant, Ali-Bazar, vous savez qui je suis.

ALI-BAZAR.

Oui, saint derviche, je sais que vous êtes un homme considérable. (Il regarde Sidi-Toupi qui flageole sur ses jambes.) Peu stable sur ses jambes, mais bien établi.

SIDI-TOUPI.

Eh bien! Ali-Bazar, cet homme considérable daigne vous demander la main de votre fille Bel-Boul.

DUO.

ALI-BAZAR.

Ma fille, en vérité... mais vertueux derviche,
Pourquoi faire?

SIDI-TOUPI.

Pour l'épouser.

ALI-BAZAR.

Pour l'épouser!

SIDI-TOUPI.

Je suis tout-puissant, je suis riche!
Est-il une raison qu'on me puisse opposer?

ALI-BAZAR.

Une seule, mais assez forte.

SIDI-TOUPI, à part.

Très-bien, je vois venir le coup.

ALI-BAZAR.

Ma fille est... laide...

SIDI-TOUPI

Eh bien, qu'importe!
Moi, c'est mon goût,
De prendre femme de la sorte!
Je la veux;
A mes yeux,
Elle est belle!
Un attrait
Qui me plaît

Est en elle!
Ni houri,
Ni péri
Ne me tente!
Sa beauté,
Sa gaîté,
Tout m'enchante!
Ordonnez,
Et venez
A mon aide;
A mes vœux
Amoureux
Qu'elle cède!
Je la veux!
Je la veux!!
Je la veux!!!

ALI-BAZAR

Il la veut!
Ah! grand Dieu!
Que de zèle,
Quel attrait
Si parfait,
Est en elle?
Ni houri,
Ni péri
Ne le tente!
Sa beauté,
Sa gaîté,
Tout l'enchante!
Il ne sait
Ce qu'il fait,
Sans nul doute;
Est-ce un jeu?
Ce beau feu
Me déroute;
Il la veut!
Il la veut!!
Il la veut!!!

ALI-BAZAR.

Voyons!... Faut-il vous dire encore...

SIDI-TOUPI.

Ne dites rien, tout est parfait!...

ALI-BAZAR.

C'est un monstre!

SIDI-TOUPI.

Je les adore!

ALI-BAZAR.

Mais elle a le dos... contrefait.

SIDI-TOUPI, avec joie.

Elle est bossue!...

ALI-BAZAR.

Une montagne!

SIDI-TOUPI.

Bossue! Ah! cela me sourit.
J'ai peur d'une sotte compagne,
Or, les bossus sont pleins d'esprit!

ALI-BAZAR.

Son regard, je l'avoue, est louche,

SIDI-TOUPI.

C'est dire qu'il est langoureux.

ALI-BAZAR.

Je ne parle pas de sa bouche.

SIDI-TOUPI.

Puisse-t-elle valoir ses yeux!

ALI-BAZAR.

Elle boite.

SIDI-TOUPI.

Eh bien! la justice
Seigneur, ne boite-t-elle pas?
De vous supplier, je suis las.

ALI-BAZAR.

Vous tenez à ce sacrifice?

SIDI-TOUPI.

Je brûle de cent mille feux!

Je la veux !
Je la veux, etc.

(Reprise de l'ensemble.)

ALI-BAZAR.

Ah! il y a des gens bien entêtés!

SIDI-TOUPI.

Voulez-vous prendre des précautions? Je vais, si vous voulez, dès à présent m'engager par écrit à épouser votre fille... (Il écrit sur un papier l'engagement.)

ALI-BAZAR.

Vous feriez cela?

SIDI-TOUPI.

Et j'ajouterai que, en cas de refus de ma part, je m'engage à vous donner 1,000 sequins. (Il écrit de nouveau.)

ALI-BAZAR, lui prenant les mains.

Ah! derviche de mon cœur! vous êtes magnanime!

SIDI-TOUPI.

Non, je suis amoureux!

ALI-BAZAR.

De Bel-Boul! Étrange! étrange!

SIDI-TOUPI, lui donnant le papier.

Tenez, voici mon engagement, et maintenant menez-moi vite à mon adorable fiancée.

ALI-BAZAR.

Quelle impatience!

SIDI-TOUPI.

Je brûle de la voir et de lui peindre ma flamme.

ALI-BAZAR.

Eh bien, venez, et tenez-vous bien!

SCÈNE VIII.

FATIME, *qui a écouté la fin de la scène.*

Pincé! le bon derviche!... Il va forcément y avoir une explication... orageuse... Et quand il fait de l'orage, l'on rentre; donc rentrons! (*Elle sort.*)

SCÈNE IX.

ALI-BAZAR, SIDI-TOUPI.

On entend un grand cri de femme, puis le bruit d'un énorme soufflet, puis un bruit de vaisselle cassée et Sidi-Toupi entre en scène avec une joue toute rouge; il est poursuivi par une grêle d'ustensiles de toutes sortes, que Bel-Boul invisible est censée lui jeter à travers la porte.

SIDI-TOUPI.

Par le vénéré nombril d'Indra, quelle poigne et quel soufflet; on n'a jamais traité un derviche de la sorte.

ALI-BAZAR, *entrant.*

Elle a été trop vive, j'en conviens, mais vous l'avez appelée guenon.

SIDI-TOUPI.

Ah! c'est vous, vertueux Ali-Bazar; c'est vous qui trompez les gens ainsi. Mais cela ne se passera pas comme cela; vous me paierez bien cher cette mauvaise plaisanterie.

ALI-BAZAR.

Ah çà! mais dites donc, derviche, à qui en avez-vous? Je vous trouve parfait, par exemple! Ma pauvre fille se fait belle pour vous recevoir et à peine avez-vous vu son visage, vous vous écriez: « C'est une guenon! » Elle vous soufflète, c'est peut-être un peu vif, mais vous ne l'avez pas volé!

Et puis, après tout, ce n'est qu'un soufflet. Oh ! vous en verrez bien d'autres quand vous serez son mari.

SIDI-TOUPI.

Son mari ? moi le mari d'un monstre pareil ! mais j'aimerais mieux m'aller pendre de suite !

ALI-BAZAR.

Qu'est-ce à dire? (Lui montrant le papier signé de lui.) Avons-nous déjà oublié ce petit engagement? Vous l'épouserez !

SIDI-TOUPI.

On m'a trompé indignement. Quels yeux ! avez-vous vu ses yeux ?

ALI-BAZAR.

Eh bien ! quoi ? il y en a un qui est centre droit et l'autre extrême gauche. Il n'y a donc rien d'étonnant à ce qu'ils ne s'accordent pas !

SIDI-TOUPI.

Non, je n'ai jamais vu dans mes cauchemars quelque chose de si hideux que votre fille.

ALI-BAZAR.

Eh ! ne vous ai-je pas prévenu? Vous ai-je assez dit qu'elle était horrible? Et, malgré tout, vous avez persisté ; ma foi, tant pis pour vous. Vous l'épouserez ou bien vous paierez les 1,000 sequins.

SIDI-TOUPI.

Jamais !... Il y a des juges... à Samarcande.

ALI-BAZAR.

Heureusement ! et ils sauront bien vous contraindre à remplir votre engagement !

SIDI-TOUPI.

Je vais de ce pas chez le cadi...

SCÈNE X.

SIDI-TOUPI, FATIME.

FATIME (entrant, à part).

Je crois qu'il est temps d'intervenir (Haut.) Eh! quoi, seigneur derviche, vous voulez aller chez le cadi?

SIDI-TOUPI.

Ah! vous voilà, suivante éhontée! c'est vous qui avez mené cette détestable intrigue?

FATIME (naïvement).

Je ne sais ce que vous voulez dire.

SIDI-TOUPI.

Et d'abord où est votre maîtresse? où est la délicieuse créature que j'ai vue ce matin à la mosquée?

FATIME (faisant entrer Zaï-Za).

La voici, seigneur!

SCÈNE XI.

SIDI-TOUPI, HASSAN, ALI-BAZAR, ZAÏ-ZA, FATIME.

SIDI-TOUPI.

Oh oui! c'est bien elle! la voilà celle que je veux épouser!

HASSAN.

Pardon, pardon, c'est moi qui veux l'épouser.

ALI-BAZAR.

D'où sort-il celui-là? Qui êtes-vous d'abord?

SIDI-TOUPI (intervenant).

Au fait, qui êtes-vous? Un inconnu! vous ne pouvez pas épouser cette adorable créature, tandis que moi, un derviche!...

ALI-BAZAR (à Sidi-Toupi).

Vous, d'abord, ça ne vous regarde pas, puisque vous épousez Bel-Boul.

SIDI-TOUPI.

Oui, cette Bel-Boul-ci (Il montre Zaï-Za.), mais pas celle de tout-à-l'heure, oh non! (Il se tâte la joue.)

ALI-BAZAR.

Mais il n'y a qu'une Bel-Boul, et c'est précisément celle qui... (Il fait le geste de donner un soufflet.) C'est celle-là que vous épouserez. D'abord vous ne pourriez pas épouser celle-ci (Il montre Zaï-Za.) avant d'avoir épousé l'autre, puisque l'autre doit se marier la première et que personne n'en veut... que vous.

SIDI-TOUPI.

Mais je n'en veux pas du tout; et puis, raisonnons, si j'épouse cette Bel-Boul-ci (Il montre Zaï-Za.), et je veux l'épouser...

HASSAN.

Mais c'est moi qui l'épouse!

SIDI-TOUPI (l'interrompant).

O ma tête! ma tête! il me semble que ça tourne encore!

FATIME.

Il y a un moyen de tout arranger; que le derviche qui est évidemment engagé à la vraie Bel-Boul commence par se dégager.

ALI-BAZAR.

Oui! c'est cela, les 1,000 sequins de dédit!

SIDI-TOUPI.

Quand j'aurai payé les 1,000 sequins, je ne pourrai pas encore épouser cette Bel-Boul-ci (Il montre Zaï-Za), puisque vous avez dit que l'autre Bel-Boul, celle qui... (Il refait le geste du soufflet.) devait se marier la première.

ALI-BAZAR.

Ça va recommencer.

FATIME.

Mais non, Bel-Boul épouse le vieil Omar; puisqu'il veut bien d'elle avec une dot de 1,000 sequins, ce sera l'emploi de votre argent.

SIDI-TOUPI.

Ah! comme ça je veux bien, et voilà les 1,000 sequins. (Il donne une bourse à Ali-Bazar). Et maintenant je puis sans embarras tourner mes vœux vers l'adorable créature qui a su toucher mon cœur. (Il s'avance vers Zaï-Za.)

ZAÏ-ZA.

Moi, vous épouser, après votre conduite de ce matin! Souvenez-vous de la mosquée; jamais je ne serai votre femme. (Montrant Hassan.) Voici mon sauveur, mon mari!

SIDI-TOUPI.

Et vous croyez que cela se passera comme cela? je vais de plus en plus chez le cadi!

FATIME.

Vous ne ferez pas cela, saint derviche, car vous seriez demain la fable de Samarcande; tandis que si vous retournez tranquillement chez vous, nous vous jurons tous que nous n'en dirons rien!

SIDI-TOUPI.

C'est bien, j'ai confiance en vous, mais (Montrant le public.)

ces dames qui ont assisté à toute cette scène, seront-elles aussi discrètes que vous?... J'ai bien peur que mon aventure ne transpire, et je crains le ridicule... Vous concevez (Au public.), Mesdames, dans ma position...

FATIME.

L'on peut s'arranger; ces dames n'ont jamais vu de derviche tourneur dans l'exercice de ses fonctions; je suis sûre que si vous leur donniez une petite séance, elles vous promettraient le secret et vous savez quelle confiance on peut avoir dans les personnes de notre sexe pour garder un secret!

SIDI-TOUPI.

Eh bien! je consens, je m'en vais tourner... mais seulement pendant une heure et demie... à cause de ma séance de ce matin. En avant la musique! (Chœur pendant lequel le derviche tourne.)

Derviche, tourneur,
C'est avec honneur
Que chacun l'accueille!
Comme fait la feuile
Au souffle du vent,
Il va tournoyant
Sans trève.

Il tourne au levant,
Il tourne au couchant,
Sa vie en tournant
S'achève.

(Rideau.)

Paris. — J. Claye, imprimeur, 7, rue Saint-Benoît. — [2063]

www.ingramcontent.com/pod-product-compliance
Ingram Content Group UK Ltd.
Pitfield, Milton Keynes, MK11 3LW, UK
UKHW020218200726
13856UKWH00004B/1473

9 782013 340557